AF600018

CUANDO ME VAYA VOLVERÉ

Jon Andión

JON ANDIÓN (Madrid, 1984) nació en el seno de una familia profundamente relacionada con la cultura, bebiendo desde niño de la música, la literatura, el cine y el arte. Ha publicado en España: *Palabras Invisibles*, 2011, *Soñar*, 2014, *El Sonido del Vigía*, 2018 y *El Calor Oculto de las Cosas Rotas*, 2023, todos ellos publicados en Huerga y Fierro Editores. En Costa Rica: *Entre Cosas Salvajes* (Ediciones Perro Azul, 2015), *La Mirada Abierta* (Casa de Poesía, 2017). Ha sido traducido al italiano con su antología *Costruire un cubo di carta in solitudine / Armar un cubo de papel en solitario* (I Quaderni del Bardo Edizioni, 2023). Asimismo, ha aparecido en revistas literarias y participado en encuentros literarios y festivales de poesía nacionales e internacionales.

JON ANDIÓN

CUANDO ME VAYA VOLVERÉ

HUERGA & FIERRO editores

Diseño de Colección: Huerga y Fierro

Primera edición: 2025

C/Sebastián Herrera, 9
28012 Madrid-España
Telf.: 91 467 63 61
www.huergayfierro.com
huerga@huergayfierro.com

I.S.B.N.: 979-13-990057-7-6
Depósito Legal: M-7102-2025
Impreso en Romadac Industria del Libro
Impreso en España/Printed and made in Spain

Porque aquí abajo venimos a rompernos
y porque llevo los dedos entre los tuyos.
Para mi Aita.

Para Alicia y para Simón,
por los días de luz,
por la vida encendida.

CUANDO ME VAYA VOLVERÉ

SEPULTURERO

Sería el ruido de los zapatos humildes con cada paso al caminar. Bailando las piedritas blancas como frijoles saltarines en día de mercado. Sería esa costumbre, manía o naturalidad asumida, más bien, de paso corto. Siempre de paso corto. Sería el intenso rojo arcilla, color de la tierra, como si bastara con un tanto de savia de nopal para pintar de camino las paredes de su casa, algo campo adentro apartada de la calzada. Sería la sencillez de aquella casa, apenas a las afueras del pueblo, poco más de diez minutos dirección Irapacuato. Sería su ropa llana, de algodón modesto, que gustaba tomar testigo de la sequedad y del polvo rojo de la tierra. Sería el aire único que lo vestía, de independencia asumida que tienen los que nacen solos, sin papá, sin mamá, sin hermanos, tíos ni parientes, hijo del pueblo a la manera más antigua. Sería su tranquilidad edificada, su nota gentil pero al margen, de los que toman lo que tienen sin maldiciones. Sería su figura alta y espigada. Sería la sensación de gran capacidad física al servicio de las tareas más sencillas. Sería su seriedad liviana. Sería su movimiento, el lento y sutil, casi entrecortado vaivén de su delgada figura.

Tantas eran las cosas que despertaban la curiosidad en la mirada oscilante de los locales al paso de Ildefonso y a su impronta.

La mudez nadie supo nunca de dónde le vino. El oficio tampoco. Era sepulturero desde los 10 años.

Solitario, pero de aquellos que nacen con su soledad heredada de un misterio, una soledad inconscientemente presente y conscientemente abierta. Una soledad que construía relaciones con las cosas más improbables.

De quién aprendió el oficio era otro enigma. La edad se conoce un día en que le preguntan desde cuándo era sepulturero, y él dibuja en la tierra un "10" con la franqueza con la que alguien prueba una tarta con el dedo, a la par de un gesto horizontal con la mano para señalar la altura de un niño.

Le contrataron de inmediato, lo que en Xichihualteco supone escupir al suelo y ladear la cabeza en un gesto corto.

Su empleo era su condición. Lo emprendía como quien cumple fielmente con los automatismos del día convertidos en pasiones que ni el diablo consigue intercambiar por nada.

Caminaba.

Incontables horas por el pueblo, por el cementerio, por el desierto.

Era como si aquello lo hiciera estar aquí. Yendo. Viniendo. Una suerte de inmersión en este abajo. Como un ausente, que se mueve y que se mueve. Como si se lo fueran a llevar.

De día y de noche igual. En la madrugada más temprana o en la noche más cerrada de la tarde. Caminaba.

Y a veces con la pala al hombro.

Se la dieron con el empleo. Colgaba a su disposición en el chamizo del cementerio.

Y tanto llamaba la atención cavando.

Su sombra contra el amanecer o el anochecer y sus colores para la tierra seca.

Con aquel instrumento rústico y elemental aquel tipo lánguido como el trazo de los sahuaros a lo lejos. Con sus manos inmensas de alfarero o prestidigitador manejando aquella herramienta prestada, de madera y hierro. Las miradas se posaban en él inevitablemente como se asientan los tecolotes en su vigilia pero con la quietud estirada del sol que nombra las cosas.

Pisaba como quien habita en plataforma, ligero, pero sobre seguro, el pie en el lugar exacto. La ropa moteada. Contagiada de la tierra que profanaba en hueco. Como quien de a poco va lanzando gotas de pintura sobre una tela hasta constelarla. Algo perdido entre estar maldito o bendecido.

Su manera de cavar.

Con el cariño de quien se entrega al dulce para comenzar y se derrite con los merengados. Con la calma con la que alguien descansa en una hamaca el día en que culmina la huida. Con la delicadeza del carpintero que nomás quiere saber de las formas y del tallado lento.

Si dar forma a las cosas es un arte, Ildefonso era precursor en el arte de cavar.

En lo que cualquier otro enterrador tardaba apenas un rato en cavar un hoyo en la tierra para ser tumba, Ildefonso, con su lánguida altura, sus manos largas y la impronta indiscutible del extraño, invertía horas. Muchas horas.

Pero los hoyos de Ildefonso no eran los hoyos de siempre en la tierra.

La gente nocturna o mañanera del pueblo le veía circular de camino al cementerio. Sobrepasaba de sobra las horas de su empleo. Parecía personal. Y nadie sabía por qué, hasta que el porqué no importó.

Una persona, un hoyo en la tierra, un lugar para marcharse, un vehículo que emprender, una maquinaria que dilucidar. Como un altarcito pero que llevarse.

Porque Ildefonso sabía que el asunto iba de celebrar. Que se celebra la vida con la vida, al principio como al final.

Y con la distancia olvidada entre el artista y el artesano que da a cada pieza una forma y le obsequia un aire suyo y propio, Ildefonso, creaba sepulturas que eran mundos de belleza inigualable para la muerte. Eran casas llenas de alegría para lo siguiente. Y todo labrado con el uniforme color rojo de la tierra.

Los diseños no tenían límite alguno: estrellas, lunas, soles, barcos, mares... líneas y formas de imaginación insospechada. Tumbas en forma de río, montaña, ruina inmemorial, boca de finos labios amantes, cascada de ídolos y parientes, auditorio de mascotas y manías, ..., tantas locuras como cupieran en la fantasía sobrecogedora del sepulturero mudo de Xichihualteco.

La primera tumba que cavó causó sensación. Pero hubo gente, alguna, que no lo entendió. Que las tumbas siempre son iguales para todos, y más los huecos en la tierra donde acabarán los muertos. Que para qué invertir tanto esfuerzo y trabajo en formas fantasiosas para un hoyo que tan sólo es para la muerte y encima se tapará para siempre.

En realidad, empezó con las mujeres. Tantas esposas, hermanas, tías, hijas, sobrinas, nietas, amantes, primas, cuñadas, nueras, entusiasmadas con la sorpresa de encontrar el día del entierro una belleza de hueco en la tierra que era un mundo de sensibilidad y moneda justa de cambio para el descenso por los siglos de los siglos. De la persona más totalmente inesperada el más tierno consuelo para la pena.

La gente se le acercaba y le agradecía entusiasmada, llorando desconsoladamente de tristeza y alegría.

Recibió cientos de peticiones sobre las formas, los temas, los acompañamientos... Le ofrecieron más dinero incluso. Pero nada.

Por supuesto, cada difunto siguió teniendo su tumba particular. Motivos marítimos para los marineros, naturaleza para los agricultores, arquitectura para los terratenientes, animales fantásticos para los más jóvenes, constelaciones para los románticos, simple compañía para los más débiles.

Pero nunca ejecutó petición alguna. Había algo en su libertad interior que mantenía magnífico aquel arte de sepulturas.

Continuó recibiendo los agradecimientos y los elogios con humildad, fiel consideración de sepulturero y su ineludible distancia infranqueable. Ildefonso era absoluto en su extrañeza, aunque siempre un hombre honesto. Si alguien, por ejemplo, le agobiaba físicamente en su agradecimiento, Ildefonso le apartaba con tanta sutileza que la persona quedaba hablando a varios metros de él sin percatarse siquiera de la distancia. Parece mentira que alguien tan grande fuera tan delicado. Y desapareciera con tanta facilidad.

Mantenía una relación con la tierra que cavaba. Quizás por eso aquella dedicación, aquellos paseos, aquel cariño para cada hoyo que hacía suyo para otro. Difunto, pero otro.

Y contada gente lo vio pero lo vieron. Dormido en los huecos más hermosos que cavó, como un escultor rendido por el sueño.

Xichihualteco fue algo un día.

Pero de algo no pasó, nunca volvió a ser tanto y de aquello ya no se acuerda nadie.

Sólo viejitos ya en estas casas.

Y la calle principal por camino polvoriento donde se arremolina el contemplar de los días sueltos.

Ildefonso era con diferencia el hombre más joven del pueblo, siendo y sin ser un hombre joven. Pero, salvo por alguna conversación afable, ligera como las brisas del desierto cuando acecha la noche después de un día de entrega, no emprendió nunca compañía alguna.

Con su pala sí. Eso sí. Inseparables.

Un día empezaron los viajes con su pala al hombro.

La gente lo seguía con la mirada.

Ildefonso y aquella pala, que en él era un gran cincel, un extraño bastón de extraño, un apoyo para su mano contra el hombro cansado, el pincel olvidado de un atlante.

Al comienzo de cada tumba relucía. Y con él, se iba manchando de tierra mientras cavaba, y con él, en cada principio de tumba nueva, volvía a relucir.

Y con el paso de los meses, la pala iba adquiriendo la dimensión de las herramientas preferidas, de las amantes mitológicas, de las compañeras inseparables. Ildefonso y su pala, y con el transcurrir del tiempo, sepulturas de fantasía en la tierra para los muertos de Xichihualteco y ternura para la eternidad y delicadeza efímera enterrada.

Y su pala, poco a poco, adornada.

Y el extraño siguió siempre siendo extraño, pero extraño del pueblo al menos. Y su pala, objeto de curiosidad popular creciente.

En su mango de madera ligera de nogal, fueron apareciendo líneas y formas, como amuletitos prestados de los motivos de sus sepulturas. Finos grabados de Ildefonso labrados en las horas perdidas.

Y los viejitos, contemplaban por entonces ya en su deleite, sin la necesidad imperiosa de la explicación.

Y aquella pala fue logrando detalles majestuosos, pero tan finos y privados que solamente Ildefonso los conocía. De lejos la madera recibía la luz como por barrios las horas del día, matizando tan sólo un brillo aquí o allá, una línea, un giro. Y es que llegan los mitos también a las herramientas.

Cientos de tumbas de pura fantasía cavó Ildefonso en Xichihualteco. Y a cientos de felices difuntos dio sepultura en sus tiernos huecos de tierra imaginada.

Estuvo 10 años en el pueblo.

Y para el último día dejó la pintura.

Descubrieron su pala por la mañana temprano. Solitaria, en el último hueco de esta tierra que cavó y en su más insospechada sencillez. Felizmente tumbada como un difunto que conoció la plenitud.

Y se arremolinó Xichihualteco en pleno, los ricos y los pobres, los que lo querían y los que no, maravillados con la reluciente pala de Ildefonso, de cuerpo entero pintada, vestida con la intensa luz de bellas flores de colores entrelazadas por calacas silueteadas y tallos verdes sin final.

Y se fue Ildefonso. Y nadie supo nunca a dónde. Si a la vida o a la muerte.

La última vez que lo vi, caminaba.

D. Gerardo Valentín Rivera (1885-1947), Xichihualteco.

LOS AMANTES
DE IRAPACUATO

La historia del amor es la historia del mundo y sabe más de muros de adobe.

Porque el amor de Juana y Miguel Yetzel fue un público amor prohibido que sacudió para siempre los cimientos, las vidas y los corazones de la gente humilde, y por entonces olvidada y de sí misma gastada, natural de Irapacuato.

A día de hoy resuenan esos dos nombres entre las brisas de afuera que se lleva el desierto para adentro, lo cual, aquí, significa inclinar rodilla en tierra y con un chasquido de los dedos sacudirse la chingada.

Miguel Yetzel era un tipo magnífico. Veintiún años de esplendor y trabajador. El nieto soñado, el hijo ejemplar, el nuero imposible. Trabajador de los que entienden que el mundo va de hacerlo. Hermano de otros cinco varones y dos hembras. Pescaba con la destreza de los que se calzan el conocimiento por la piel porque se lo dieron de beber o se lo untaron los que vinieron antes y desde bien chiquito. Era pura destreza en su barca que era de madera flaca, reforzada y vuelta a reforzar, de pintura roída blanca y de un azul claro que jugaba al cielo cuando en la mar.

Miguel Yetzel era esbelto y tenía los ojos profundos de su madre.

Juana, sin embargo, era como un día de tarde en el Caribe y con el tiempo en el bolsillo. Descalza hasta en los mandamientos, ligera siempre pero fija también como las cosas que están en el sitio que eligen. Su larga melena de cuento siempre escondiendo una conchita, un hilito colorado, una piedrita, un trocito de tela recogido. Contagiada siempre de la vida y de su día, de donde había estado, de lo que había hecho, de por donde había pasado.

Y sola.

Juana era y fue la huerfanita del pueblo.

La niña sola con los andares de lucecitas, por aquí y por allá. Recogiendo algo de un patio, admirando las puertas de colores vivos, siguiendo de cerca a los grupos de mujeres en el mercado, pegadita a las conversaciones sueltas de los loros que tomaron la alameda de los naranjos, agachadita al pie de las palmeras desperdigadas por el bulevar, en la playa deambulando en la arena o entre las paredes surcadas de las ruinas Chacxil como un espectro que se proyecta en los hacitos blancos de la luz que dejaba en sus paseos entre las piedras turquesas que besan los acantilados.

Había algo perdido en lo que era, y ya sé que en los pueblos tristes como Irapacuato no se encuentran milagros. Aunque los milagros también buscan quien les quiera.

Juana vivía el tiempo contado en los alfileres que necesitara para terminar su último mural de tela bordada con los hilitos, las piedritas y las conchitas que recogía por las calles de Irapacuato y que constituía una gran obra secreta. Y es que hay cosas que no pertenecen al aire vulgar de lo que todos vemos; lo cual es una manera de decir que cada quien tiene su propia forma para preguntar. La vida se ofrece como espacio o contratiempo.

Y es que ella no sabía.

Y aquello se lo llevaba al pecho por las noches, se lo confesaba secretamente al cielo, se lo apretaba fuerte en las manitas que se llenaba de amuletitos mientras repetía su deseo.

Y es que Juana no sabía. Que es lo que te pasa cuando eres parte de un misterio que te habita en su secreto.

El vestidito, blanco, por las rodillas, y con encajitos que le dejaron en el cuello, es lo que llevaba. A Juana no se le conocía otra cosa que aquel trapo traído para ser el suyo.

Y llevaba sus iniciales preciosamente calculadas, posadas como fieles guardianas a cada lado de su cuello en cierre, custodiando su nuca como una protección.

Pero es que un día, un día cualquiera de tantos, un día que no tenía por qué ser ese día, un día común y tranquilo, concebido, pareciera, para repetirse en otros tantos días como tantos otros días, un día, Miguel Yetzel la vio.

Y ver a Juana si no has visto nunca a Juana es conocido por lo difícil que es poder creerlo.

El primer instante es omnipotente. No se puede explicar.

El asunto es que los milagros sí gustan de esas gentes y esos pueblos que viven en el hilo, de esos mundos que se habitan suspendidos en un aquí que tiembla y que bien podría ser ya el aquí que alumbra la otra orilla. Hay vida que se acerca a su existir como a ese estar. No vaya a ser que se disipe.

Y Juana andaba siempre sola.

Hasta que se miraron.

Era un día de mercado y la colorida escultura de tierra roja en el pleno centro de la plaza única de Irapacuato lo conmemora.

Y Juana, con su vestidito blanco y luminosa en su haz de rastros que disimulaba el sol vertical del Caribe e inclemente.

Y lo que pasa es que para un pescador como Miguel Yetzel, que se sabe del salitre de la mar y de la áspera faz de la madera húmeda y consciente en pieza para seguir, lo normal era el tono oscurecido de las ropas mojadas, el sacudido del viento por su cabellera, por su cuello, por sus brazos, y sabía más de la solidez que de lo que despierta.

Y precisamente por eso, porque lo que uno es lo lleva uno adentro como los altarcitos del mundo y a lo suyo, y lo que uno desea proyecta lo que uno ansía, y lo que uno ansía tiñe el mundo de esa voluntad aunque uno mismo lo desconozca, como las ballenas desconocen que son el símbolo del cosmos en la mar. Y solo las cosas que no sabemos controlar nos lanzan al vacío.

Relata la historia que un día se miraron e Irapacuato despertó. Eso es lo que se cuenta.

Despertó Irapacuato porque de aquella tristeza y olvido enraizados desde décadas salió catapultado por la tragedia pública y atronadora de aquel miércoles de mercado, cuando Juana, curiosa de nuevo con el bullicio de la vida como en cada día nuevo de mercado y atenta a todo, se apareció en la única esquina de la plaza circular del pueblo, con su luz de rastros compañera y con su pelo con su acostumbrado imaginario, repleto de conchitas, de ramitas y flores minúsculas que se entrelazaban en los cruces de las ondas que formaban sus rizos largos, y Miguel Yetzel, red llena de pescados frescos al hombro y con su aire de vida por la piel, contra todo pronóstico y creíble posibilidad, en una apuesta perdida del destino encontró en un milímetro escondido de la luz la única esquina de la plaza circular del pueblo y quedó suspendido y tardó en comprender como cuando la mar tira la vela y primero toca comprender y luego protegerse, y se ajustó la vista a aquella luz escondida de la luz, y allí, en el medio de todo aquello, la vio.

La vio como solo, se contaba ya por entonces, se podía ver a Juana.

Y el asunto es lo que siguió y fue pura elástica merecida del instante.

Porque Juana a él lo miró también.

Y es que Juana se acostaba mala por las noches porque no sabía, y no sabía porque nunca nadie la había mirado antes. Y es que es duro, sin duda, vivir el mundo mirando tú y siendo contadas veces vista pero no mirada.

Y en el mismo lugar improbable de aquel mundo que ella sola ocupaba pero a la inversa, Miguel Yetzel, allí, que la miraba. Y la miraba como se mira a Juana, el que la ve, definitivamente y para siempre más allá de más allá y más aquí de lo que siempre ha sido.

Y así cuentan la historia los viejos del pueblo.

Que el amor es inmortal. Que hay amores que alumbran el mundo porque hacen el mundo. Y aquel instante en que se miraron Juana y Miguel Yetzel sucumbió a la historia secreta de los cuentos y pasó a mitología popular y base de los milagritos que seguro vinieron a salvarnos porque en aquel preciso instante en que las dos miradas se tocaron, la tierra retumbó y la energía de su amor se colmó, reventó, se liberó y se los llevó a los dos.

Y el pueblo despertó.

Y fueron días de fiestas y de comidas y de jalear y de besar y de beber. Y la tristeza profunda y general tuvo su luto oficial en la fiesta inmensa que celebraba el amor único de Juana y Miguel Yetzel y todo desembocaba en una belleza común e incontenible como inexplicable de las cosas que llegan por fin a su verdad.

Porque no hay historia más poderosa en las historias del amor que la historia de Juana y Miguel Yetzel, amantes absolutos del lugar que construyó el mundo para ellos en una burbuja suspendida. Y consiguieron, con ello, explicar la existencia misma del instante, y por ende demostrar el segundo fondo al fondo del último fondo donde se guarda el tiempo.

Y con Irapacuato famosa ya por los Amantes del Instante, y el instante y su magia, vivo y reubicado a las cosas que existen en el mundo, se guardó memoria constante y primigenia, eterna y declarada, de tal fenómeno, corriendo la historia por el resto de playas, de ciudades, colinas, islas y desiertos de este mundo.

Y recibieron un último regalo, por haber encerrado sus futuros en un aquí del que se fueron para siempre para ser su propio siempre, y en la congoja de tal pérdida los Amantes recibieron sepultura. Y sepultura recibieron por no decir milagro, con un hueco en la tierra en el pleno centro de la plaza única circular de Irapacuato que era un mundo de imaginación y capturada sensibilidad para aquella celebración del amor y la energía liberada que los unió y se los llevó.

Y fue al llegar, se sabe bien, los cuerpos amantes, cuando los dos ataúdes posados en la sepultura centellearon por último en su esquinita izquierda y al sur mientras el pueblo apenado y reencontrado clamaba fervoroso a los difuntos y el Caribe perdonaba el día.

Y con ello y con todo, la tierra se fue a la tierra y el cielo al cielo, como los Amantes del Instante de Irapacuato inventaron su dicha y su desdicha, su principio y su horizonte.

Yo conservo aún un hilito que fue de Juana.

Dª Azucena Elvira Yuctil (1882-1933), Irapacuato.

MEDIANOCHE
EN BOCAMANGA

Valentín se levanta temprano todos los días. ¿Qué se le perdió, Valentín?, le preguntan los viejitos que mezclan el café con el alcohol al lado de los gallineros. Y Valentín, hermano de la prisa, atraviesa el pueblo y llega al río.

Valentín es fiel a su rutina. Se bebe dos limones de los que caen adentro del chamizo, de las ramas que estorban de la hamaca al suelo, del limonero de los Aguirre, todas las mañanas. Dos limones enteros. Justo al alba y bien antes del alba, para verla con el vaso al menos lleno.

Y después, sale a correr. Pisa el polvo de la calle el primero y hay algo en aquello que lo conforta. Gira a la izquierda y empieza el recorrido. Porque Valentín nunca corrió recto.

Valentín hace por las mañanas aquello de pasar corriendo por todas las casas de su pueblo, por todas las calles, por todas las cuestas. Como una manía aprendida para resistir él hace eso de atravesar el pueblo y llegar al río.

Porque en Bocamanga las cosas no están todas donde debieran, y el pueblo está abajito por las terrazas a través de las calles largas y serpenteantes, y el río está en medio porque el lago ya está arriba. *"Arribita del todo todo"*, dicen los viejitos.

Bocamanga es una isla que no es isla aún en los periódicos pero llegará. Es isla para los demás.

Colina también. Extremo precipitado de península que se come el mar pero aún no lo suficiente para los números oficiales.

Y aun así, Valentín llega al río, y al lago también.

"Llegó envientado", dicen los viejitos cuando lo ven bajar.

Bocamanga es un lugar devuelto.

El fresco del verde en su colina, su naturaleza vertical, sus muchas lluvias que más inundan las calles contra la calma de la mar.

Bocamanga, voluntario de los sitios raros para los que no buscan mucho.

Lianas y ramas de los inmensos árboles que cruzan por las casas en una barra para las toallas o un asiento para faenar. Y su vegetación que se esparce para cuadrar por las ventanas, los patios, las terrazas...

Y el asunto de todo su asunto es su anochecer.

Porque el anochecer sí. Del anochecer en Bocamanga se escriben y han escrito las historias más increíblemente increíbles de creer, si no fuera porque han sido vistas, que se puedan contar sobre el anochecer en un lugar.

Lo digo por mis virgencitas, que aquí me guarden.

Y Valentín y su circuito todas las mañanas.

Y nadie sabe si ayuda a quitar hierbajos, a levantar ramitas en silencio o sencillamente pasea y apunta rinconcitos.

Y eso no sólo lo hace Valentín. Porque todos los Bocamangüeros, cada uno a su manera, se preparan cada noche para la noche en Bocamanga.

Porque cuando cae la noche en Bocamanga se quiebra el silencio en una sinfonía que no existe en otro lado.

Primero, las maderas, que acusan sus ajustes de fresco y humedad como en un ídolo de palmadas que aplauda el final de un espectáculo, luego los insectos, que parece dieran la trompeta para apuntar el carácter de la noche hermana, bienvenida que se va viniendo, y los pájaros también, que suenan a estruendo de salida pero se relajan después con las estrellas.

Y es que por Bocamanga no pasa la luna.

Y de los pájaros a los cubitos.

Y es que cuando se hace de noche del todo enseguida es medianoche, y suenan unos cubitos de madera contra sí y en movimiento de conjuntos que se tocan, que se giran y se suenan como una cascada interminable de sonidos multiforme. Como pasar la mano suelta por las verjas de los jardines o escuchar la caída de un fruto por las ramas. Y se arma un híbrido de sonidos redondos como mezclar un himno en un xilófono pero con una continuidad melódica indescriptible.

Y para terminar, se les alterna un pequeño sonido esparcido y delicado de campanillas que salen de las flores verticales que se abren al rocío.

Y la brisa de la mar sube por la colina y tarda siempre en irse.

Y nadie sabe muy bien del todo lo que hace Valentín, la verdad. Dicen que se pasa las noches en el lago.

Cuentan las viejas del pueblo que medianoche en Bocamanga era lo siguiente antes de morirse. Pero es verdad que desde la llegada del sepulturero, nadie se ha muerto ni ofendido y disfrutan las buenas gentes de la isla-colina de Bocamanga de todas y cada una de sus medianoches plenas.

Como quien no quiere marcharse.

Así que, con gusto y cuando gusten, un servidor acá para informarles.

Solos, o con Valentín.

D. Volirio Asunción Repique, Bocamanga.

LA VIEJA CALA

La vieja Cala anda preocupada los últimos años con la manera en la que se acuestan las nubes. Ella sabe bien que por allá, justo por donde ella piensa, no se van, y entiende que cambian de lugar con el viento que está hecho con el mismo invisible del que somos todos.

La vieja Calamidad, como la llamó su madre, se pregunta de tanto en tanto si esta vez entonces vuelvan a por ella con sus siete años recién cumplidos y le cambien la línea de la mano a una más corta pero más intensa.

Y tratado por tratarse de olvidar o constituir lo que sea que nos habita y que nos encumbra y que también quiere decir que nos transforma, que nos sucede, ergo, que nos pasa hasta la intensidad de la transformación, Cala no llega a entender del todo cómo serán las cosas que hace cuando nadie la vigila y de a tanto mira desde la ventana enjaulada y se pregunta si habrá alguien ahí fuera que la quiera.

Podríamos, incluso, sopesar si lo invisible es decible y creíble pues el asunto de los locos es un asunto difuso. Pero la cuestión es quién pasa o es pasado como objeto o como recuerdo, esa es la cuestión.

La buena de Cala todavía recuerda los amaneceres redondos del sur y el olor a madera de la cabaña de su padre y su mesa alta de trabajo y sus pipas de bambú y sus botas de lluvia y su moto de la juventud debajo de una lona tímida que dejaba enseñar el rojo de Roma con su río bañado al sol entre sus cipreses.

Y aunque aquella cuestión del río le da lata en la cabeza rodante como, piensa, ruedan los planetas o las canicas, y las pocas reglas tan universales que habrá en el mundo para aplicar con esa escala, ella nunca descarta teoría o profecía alguna por mucho que aún no las conozca. Y, los tesoros del mundo están para vivirlos.

Cala baila de baldosa en baldosa y baldosa porque me toca, que es una muy buena manera de llegar a los sitios. A ella le dicen que cómo y que no puede ser, pero es que a ella le gustan los tirabuzones.

Y lo que pasa es que a Cala se le estancó la cabaña en la imaginería, que si no fuera por ese dato es bien rica y diversa, y ella sólo dibuja chamizos azules con palmeras. Las palmeras son nuevas porque piensa que ahora las prefiere a las acacias. Y porque las palmeras son cosas que nos siguen de a mucho.

Porque, al final, ¿quién dice que uno no pueda bañarse en los recuerdos? Como se baña uno en sueños o en fantasías, volver a aquel momento, a aquel instante antes de y quedarse un rato como se queda uno en la bañera. Un buen rato, largo rato.

Y Cala no puede ella hacer todo eso sola, claro, pero confía en que pronto las energías se muevan positivamente hacia su deseo y con rumbo imperturbable.

Total, Cala con sus cosas, que espanta a los celadores y a las visitas como una princesa en una torre de las minas verdes de Valhalla, con sus siete años que son más bien noventa y siete pero sin importar y sin dejar, como no dejamos ninguno, que la verdad estropee una buena historia.

Cala siempre ha querido irse lejos.

Este es un asunto importante. Y recibió hace tiempo el concepto y el fenómeno que le sigue de la lejanía, para con todas las cosas, las casas, los gestos, las palabras. Y, ese concepto es hermano de todos.

El caso es que Cala se perdió. Se fue y se perdió como se pierden las piedritas en los ríos, las ramitas entre las otras ramas frondosas de los pinos, como se pierden las promesas que uno hace a la desesperada y no por ello son menos verdad. Luces que se escapan.

Y Cala aprendió a volver pero al revés, que es igual pero corriendo mucho. O viéndose los pies cuando se le bañan con el agua de la manguera contra el suelo polvoriento. Que es una buena manera siempre de culminar un viaje. Eso y un asado. Pies al barro, al césped o a la arena. Descalzos. Eso dice la norma. Hay algo en los pies que desconocemos sobre la voluntad. Ese es el pálpito de Cala. Que se le va la vida por los pies.

Y es que Cala culmina siempre sus historias con una danza que le enseñó su madre. Lo que pasa es que los pies al piso al contra de las caderas con las palmas frente al soplo y la cabeza hacia arriba al viento resulta que es lo mismo que plantar damitas amarillas. Y todo se ilumina. Eso es lo que pasa.

Así que no baila, ya no baila. No le dan las fuerzas.

Sí puede que alguien le conceda, incluso una vez al día pero dependiendo del día y a veces transcurren varios, su gran deseo de pasarse una tarde de bañera charlando en derredor con sus recuerdos.

Sobre lo demás, digamos que las sillas le gustan. Todas. Siempre le gustaron. Las del salón porque permiten cartas o el ocasional robo de la botella de licor para esconderla entre sus faldas. O las del patio porque piden humo y conversación, o las de la entrada que piden perdón al entrar como al salir.

Y sobre todo las cintitas. Las hay de todos los colores. Enredadas en los tobillos se le ven. Codifican su mundo y sus días según cómo se encuentre, según sus emociones.

Ahora vamos al asunto del por qué al llegar se ve lo que pasó con tanta luz que mientras se está al calor de la refriega la cabeza entra en el barro y su inercia la catapulta hacia adelante. Y es que eso de cumplir casi no llega nunca. Imagina triunfar. Ahí está el tema porque esa es la última distancia visible o invisible, como quiera que se diga. La de hacer lo que a una le venga en gana y porque sí. A ver si al mundo hay que ponerle motecitos y laborcitas y llamarlo lindo y embotarlo hasta que sepa repetir su nombre y entonces atreverse. Y, es que hay cosas que no sabemos saber.

Cala no se halla nunca en el desayuno. Desaparece. Ella dice que por qué tortitas y no frutas tropicales con su limita y que por qué infusión contra un café recién molido y pasado por el agua todavía hirviendo y con su aroma al aire como un recuerdo al que volver o un trampolín para saltar. Así que generalmente ni se la ve por el desayuno.

Algunos días lee la prensa, otros un versito de García Márquez que tiene solo versitos a su manera, una cosita de Don Julio, el cronopio mayor, una dimensión de Felisberto, un dolor de Onetti, un silencio de Basho, una pequeña verdad pequeña y también infinita del Pajarito Juan. Eso sí lo hace, aunque le dura, eso, el rato.

Y por qué no también un día con elefantes y jirafas y oyendo a los monos y viendo los pájaros surcar las distancias inescrutables de los cielos en el aire africano que es el aire madre que nos respira, a nosotros que somos esa cosa por donde pasa el río.

Y eso también puede Cala.

Porque si son costumbres, ¿por qué no se puede elegir el sitio donde estar, de donde ser? Elegir el sitio a cada vez. Riqueza total. Talento donde los haya. Buscarle las civilizaciones a las bisagras de estas puertas y ponerles nombre de pintor o de asterisco.

Llevo los gemelos rotos porque se rompieron, dice Cala por las noches. El asunto es que lo repite y lo repite y se le escapa a cada vez un asunto como de fantasmas y vuelve a tener trece años y es uno de esos días en que los niños ya sí están convencidos de ser por fin mayores por la llevanza de las conversaciones o las elecciones dignas del mundo de los adultos que vendrán con las preocupaciones de los adultos cuando el juego cambie y Cala siente ya que se va quedando dormida.

Es muchas noches lo mismo, es ese día en la casa de sus tíos cuando le decían adiós a su papá y Cala sabía que aquello era ya otra cosa, y curiosamente de ahí el sueño para probar una vez más que las cosas más sorprendentes (o poderosas) suelen también salir de cualquier parte.

Cala sueña los sueños de los demás.

Cala sueña los sueños de las ninfas, los sueños de todos los huerfanitos, los sueños de todos los hambrientos. En serio. Ese, en realidad, es el asunto. Y es un asunto serio.

Y el asunto es que ella nunca lo contó y como duerme sola nadie lo puede ver.

Y, la libertad es un asunto insospechado.

Informe de costumbre: paciente Calamidad Vencevero.
Centro Residencial Las Tulipas

DANDI

Érase una vez, uno que era tan elegante, tan elegante, tan elegante, que su precio pagó al ser tan alto.

El tipo era alto hasta decir basta. Era su altura un fenómeno extraño para todos, algunos incluso se lo tomaban a mal cuando en sus continuos paseos (un tipo así no cabe todo el día en una casa) pasaba por delante de las ventanas de los últimos pisos de los edificios. Y sí, aunque parezca mentira, y aunque la dimensión de sus piezas corporales no fuera de un gigantismo digno de las bestias apocalípticas durmientes que deciden invadir las metrópolis niponas un día cualquiera, él llegaba hasta ahí arriba. Y claro, sentar no debe de sentar muy bien. Que si uno se está duchando, que si disfruta de un libro en el salón..., y en ese momento de placer absolutamente íntimo y solitario, alguien pasa por delante de la ventana con esa cara de medio-despierto medio-embebido que tiene cualquiera al pasear por la mañana.

Quizás haya algo de orgullo en los habitantes de esos últimos pisos, quizás de ese pudor la altura conquistada, quizás de ese egoísmo la altiveza, quizás de esa incredulidad la impotencia ante algo tan natural como que alguien pase por un sitio y punto. ¿O acaso no puede pasar alguien por un sitio y punto? Hay que decir que él era tremendamente discreto y evitaba mirar dentro de las viviendas ajenas todo lo que le era posible. Eso sí, quien pasea y está afuera, pasa por delante. Poco más que explicar. Poco a nada que evitar.

Sus zapatos. Elegantes como sacados de una sastrería inglesa a pie de calle en inmueble de ladrillo rojo, chesterton dentro y sastre de tirantes y gafas redondas explicando las distintas combinaciones de madera, caucho, piel y costuras de modelos con nombre de capítulo de Dickens. Los distintos tonos del cuero, del negro al borgoña pasando por caoba o chocolate, y los cordones forrados de resina en una alegoría de la solidez elemental de la cuerda y su tez para enlazar y tintar un trenzado de facciones. Un hombre así cuida y viste su manera de pisar.

Si bien, su manera de pisar era de lo más catastrófica.

¿Cuál es la diferencia entre el monstruo y el ser? Ojo, que esto sólo se lo preguntan para sí los diferentes. Probablemente, ninguna. Y como tantas veces en la vida, ni el monstruo es capaz de deshacerse del ser, ni el ser es capaz de sacudirse el monstruo. Por lo que, a soportarse. Como la gente que anda por la calle.

Catastrófica, sí. Empezaba todo con los temblores.

Ese vaso de agua con minúsculas ondas expansivas contagiadas de la vibración del asfalto en su cada paso era alarma silente de la calamidad. Y en el instante siempre menos esperado (porque nadie está nunca listo para avistar la suela de un zapato titánico tapar el sol a las tres de la tarde en el afuera más cualquiera de una calle de su villa) se desataba el terror.

La gente corría en todas direcciones como hormiguitas en pánico ante el apocalipsis, con un (apenas perceptible desde sus oídos en las alturas) griterío histérico y enloquecido. Bastaba aquello para que él (acostumbrado ya a aquellas reacciones de lo más injustificadas) ralentizara sus movimientos como para dar a todo el mundo mucho más tiempo del necesario para salir de (¿acaso algún?) peligro de colisión o aplastamiento.

La verdad es que nunca se había dado ni un solo caso de homicidio por su persona o sus extremidades.

Pero sí había accidentes. Lesiones, más o menos graves, y algún fallecimiento por aquí o por allí; más bien debidos a la histeria colectiva absolutamente enajenada (desde luego), que causados por su intervención directa. Gente contra gente, gente contra cosas, tiendas, muros, coches, escaparates, farolas, paradas de autobús, buzones de correos, ..., las típicas conspiraciones psicópatas de las esquinas más puntiagudas de las aceras, o sucesos como caídas, atropellamientos, tropiezos, choques, batacazos, culadas, desplomes... Había de todo. ¿Culpa? Bueno, se podría decir responsabilidad, pero culpa per se... A veces, incluso, cuando llegaba la policía al lugar del siniestro, le encontraba, como muestra de impertérrita buena fe, aguantando aún la misma postura en la que llevaba horas intentando cruzar la calle; precisamente, para que los agentes vieran su inexistente intención del mínimo daño hacia los demás.

Y todo, para poder salir.

Nada le gustaba más que estar fuera. Todo aquel cuidado, esmero, vigilancia y delicadeza con el minúsculo mundo que sucedía a sus pies, era precio barato por sentir la brisa en la cara, el cielo despejado y el horizonte siempre a la vista, el pálido saludo de las palomas en línea desde las cornisas de los edificios, los trazos curvos de las carreteras lejanas, más allá de los carteles luminosos de los musicales, el sonido de la realidad que se impone y se deshace cada día.

Pero pronto empezaron las iniciativas ciudadanas.

En general se extendían por varios temas, su consumo exorbitante de agua, de carne (la más roja), de oxígeno, o los efectos de los vertiginosos vientos de sus estornudos, o la supuesta influencia de sus lágrimas en las mareas..., pero sobre todo a propósito de su caminar y la llegada no anunciada de su persona en cualquier calle, esquina, plaza, cruce o quintanilla. Y claro, ¿cómo limitar la libertad de movimiento de una (aunque algunos no lo creyeran) persona?

Argumentos basados en la señalización y guía de los más monumentales vehículos de obra o construcción se adujeron en pro de incorporar algún tipo de indicación (conveniente y rigurosamente adherida e integrada en el propio cuerpo o ropaje del caminante) para avisar al resto de ciudadanos de sus movimientos e intenciones direccionales. Desde sonidos (y aquello sí que eran alturas) de intensidades nunca antes descubiertas, hasta señales luminosas de tamaño científicamente desmesurado o, por ejemplo, (y aquello sí que, sabían, sería completamente inaceptable para el sujeto) la imposición de una vestimenta técnica especializada, con diferentes motivos lumínicos y tonalidades musicales que se activara en función de su cercanía, la dirección de su cruce o la intensidad de su pisada.

Se discutieron las señales, se discutieron las restricciones horarias, se discutieron la dimensión y la oportunidad de su morada, se discutieron medidas de seguridad y restricción, todas las medidas pensables de neutralización, y aquellas potencialmente necesarias de privación, así como otras tantas disposiciones de papel en comité.

Pero nadie pensó en su corbata de punto, o en sus botones de marfil y hueso reluciendo en su chaqueta de lino beige y su vuelo de paso tranquilo con el que seducen los elegantes al roce del viento sobre las líneas limpias de respeto al puño y al tobillo, nada sobre su camisa azul marino de hilo en homenaje a la firmeza de la tela contra el pecho de un hombre que siente y que camina, nada sobre su sombrero de ala atenta y moderada como el nombre de un amigo fiel, nada sobre su pluma escondida en la solapa, nada sobre su aire amable, nada sobre la inverosímil longitud de su sonrisa o la desconocida calidad del frescor en la inmensa proyección de su sombra, nada sobre su origen, su familia (si tuvo alguna), su razón o la de su altura, su historia y su secreto. No, nadie pensó que no era un demonio, una tragedia, su hecatombe, o una vaca tonta del infierno.

Genuino Sánchez Sánchez.
Vecino y ciudadano arrepentido de Milaselli.

LA VEZ QUE FUI A VERTE PERO NO ESTABAS

EL CLÁSICO DESCONCIERTO

Dos de ellos se acercaron al lugar de la tragedia.

"¡La smemfatina, no!"

El resto se arremolinaba alrededor del suceso con un murmullo que era un *rumbling* de tambores zurdos sin un sólo triángulo. Los vientos metal y los vientos madera habían replicado a modo de temblor secundario (en varios puntos elevados de la escala de Richter) el abalanzamiento de los dos primeros músicos sobre el cuerpo yacente de la smemfatina, propio instrumento en mano (como manda el protocolo de urgencias) y de rodillas al suelo alarmadísimos mirándose atónitos entre sí e inaugurando el tumulto de la escena. En el entretanto del instante prolongado, los chelos incrustados entre ellos y poniendo orden a tanto viento metal-madera de poca burbuja para la templanza en los momentos críticos con su vociferio ecléctico y desmesurado sentían no poder dormir los nervios del resto con una sonata *dolce* de Mahler. Y los contrabajos, que vigilaban en su gravedad el suceso desde la distancia de sus cuerpos generosos y verticales contra las caderas de sus contrabajistas, lamentaban, en toda sinceridad, la pérdida juntísima de tanto talento que albergaba aquella smemfatina.

Todo el mundo estupefacto con la aparente muerte súbita de la smemfatina, que yacía en el suelo, en el centro de todas las miradas.

Abandonada por su instrumentista, que era novato y no sabía absolutamente nada de smemfatine y que había salido corriendo con evidente crisis de nervios y sollozando en cuanto notó un levísimo quiebro en su cuerpo de madera pernambuco que sin duda significaba el final de su vida. Así de claro. Así de terrible y sencillamente sencillo. Una tragedia absoluta para el único ejemplar restaurado que quedaba en esta parte de Europa. Hasta el maestro contribuyó al clima de la tragedia llevándose las manos a la boca en un escándalo con pitido respiratorio personal incluido.

Mientras, el violinista segundo (italiano) velaba el ascenso del espíritu de la smemfatina al cielo de los instrumentos prohibidos que es el hueco en la memoria de los instrumentos olvidados, allá donde estos reinan a su antojo porque se lo han ganado a pulso tras tanta vida luchando por ser oídos. Y todo, como siempre, pese a la insoportable necedad de los hombres y su pasión por las cosas más tontas. Sin dar nombres.

Y el violinista lloraba y lloraba. Y lloraba y lloraba y lloraba, arrodillado y mentando a la virgen, como suele hacerse en italiano:

Madonna mia... Madre di Dio, Regina dei cieli della purezza del bene benfatto illuminato, Madonna dei desideri...!!!

Mentaba el violinista (que era genovés) en un quejido que era el sonido ese con el que se rompen y crujen las lágrimas solitarias de las beatas de madera.

La miraba, como quien ve a una tía querida pasar a la otra orilla de la luz de la mano del barquero, aguantándole el cuello de palosanto a la smemfatina como con alguien que se despide sin urgencias, pero inevitablemente:
Smemfatina... Smemfatina mia, della vita dell'arte del regno della musica sui mortali... io..., non ti dimenticherò! -dijo al cielo inmenso, que era el techo del aula de ensayos, lleno de una rabia terriblemente cinematográfica, y aclamando de paso (no fuera a ser...)- *al santo padre del mondo, alla madonna degli sfortunati, allo spirito santo della sacra trinità di questo mondo crudele però bello comunque come per lasciare la smemfatina esistere da sola, ... Mi senti?!! Non ti dimenticherò mai!! Come la nonna Francesca! Mai!!* -y sus ojos se inundaron de lágrimas de música y de tristeza.

La veló hasta que no quedó nadie en la sala, y la madera del piso y las paredes para acunar y hacer circular los colores del sonido quedaron huérfanas sin presencia de instrumentos o instrumentistas, dejando la típica desolación de aula vacía de conservatorio.

La veló allí, acompañándola, con su *collega* trompetista primero a su lado, de pie, grave expresión de pésame, mano sobre su hombro, como se consuela a un compañero de orquesta.

Y la smemfatina yacía mirando al infinito, con el espíritu de las cosas rotas que hasta tanto tiempo después no pierden su calor, si es que lo pierden del todo. Y el resto de la orquesta había desistido de las formalidades de la muerte de un instrumento, resignada a no volver a ver una smemfatina, por seguro, en el resto de los días de su vida. Y aquellos dos compañeros llenaban la sala vacía en su velorio de cuerpo maltrecho, uno en la gravedad de su dolor y el otro solidario, de pura compasión, por la defunción de aquella extraña joya de luthier con alma de emblema de estandarte de las orquestas primeras que no son estas ya deshechas de moral por lo que se ve, con su infinito sinvivir de competencias y tensiones y exigencias y rivalidades y traiciones y oportunismos y su tan mal emplazado sentido de la trascendencia.

Y la smemfatina ascendió.

Y el instrumento se perdió para siempre.

Lo que no se dijo es que aquí, en Francafedefrancesca, sí quedan dos más.

Y son un amor al viento.

Nota crítica a la crítica y feroz, de D. Aldubero Voluntad Pasi.
En Francafedefrancesca.

EL KRAKEN UNITED

Sí, el kraken tiene equipo de fútbol, claro que lo tiene y, sí, se llama el Kraken United.

Entrenador de la casa, austero, experimentado, y con una estrategia futbolística completamente en línea con la filosofía del club y los valores de la entidad, además de proveer religiosamente a la hinchada de sus gestos simbólicos, sus iconcitos, sus frases, sus lemas...

Y aun así, no hay manera de que ganen.

Que no ganan. Que no.

Y dices, pero si son el Kraken United, si no puede ser, si deberían ganar siempre. Pues no. Y no es manía, no, es maldición. Porque la maldición te llega y te llegó. Antes, después, o de siempre, pero te cae encima como a un barco pesquero un kraken. Definitivamente. Sin embargo una manía tiene algo tan oscuro que es casi obra propia y lo sabes, hay algo torcido ahí. Y en ese ahí hemos estado todos, y es lo peor, el fondo total y absoluto, la inmovilidad más apocalíptica. Que el entrenador no te pone, los esquemas defensivos no salen, los movimientos de ataque brillan por su ausencia y algún marinero futbolero en la grada (que hay muchos) se acordará del tiempo aquel para suspirar.

Suerte que en algún momento en la vida a todos nos toca saltar. Y las maldiciones suelen tener su término, como los trenes o los cruceros.

Hace tiempo que los kraken incorporaron su vida a la del común de los mortales y pidieron sitio para entrar.

Porque nada busca un kraken, agente absoluto de la destrucción marina por los siglos de los siglos, con más ahínco que una ventanita de un día para vestirse de corto y echarse al césped a competir con sus iguales.

Y con eso y con todo, la sociedad confirma el definitivo poder de atracción de una pelotita en un campo con los amigos.

Y por eso juegan al fútbol los kraken.

29-10-39, Madrid, después del Kraken, ciudad costera.

KANSAS CITY

Me explicaré.

Kansas City es un lugar perdido entre las montañas como del Caribe pero desde el hielo que lleva el verde de las auroras en el frío.

Esto es.

Kansas City, lugar de estampidas de los que no quisieron nombre para calibrar, caballos del viento con palabras como el viento y acres como promesas de días mejores.

Un lugar en la frontera. Lejos de la masa central que dicen se ha expandido ya por los últimos rincones de Europa y Asia Meridional, un verdadero peligro.

Y en la frontera solo se llega a la frontera. Por eso es la frontera.

Y solo llegas habiéndote perdido bien.

Y es como aquello de quién dice cuándo llegas si nunca se sabe cuándo porque solo conocemos la ola.

Y en la ola claro que hay momentos y lugares, y un planeta entero porque nadie cuestionó nunca el espacio.

Pero están pintados igual.

Y para ver de cierto hay que venir a Kansas City. Porque se viene a Kansas City para ver, se dijo, como se busca sin razón.

Pero para venir hay que llegar y madre la que traen con los visados.

Yo creo que la *K* no terminan de ubicarla. La eligieron por extraña y *City* por certeza, como dice la canción.

Kansas City es un lugar angosto como los atardeceres cercanos son maneras de deslizar y de encontrarse en la suspensión.

Por ejemplo, cuando dos corrientes se encuentran y se miran en el tiempo. Y quiero decir en el instante porque el tiempo se esfuma y lo ven en la barra, sentado en taburete alto y con una birra, al margen, mientras el mundo continúa.

Ahí hemos estado todos.

Es como cuando suena una canción, y suena una guitarra que dirige la melodía al punto exacto antes de romper la ola y la voz aguanta y el bajo blinda y la batería distribuye el pulso que lo lanza y lanzará directo al centro del pecho para decirte, esta sí, esta es buena, esta es muy buena y viene algo magnífico.

Y la canción aún no ha empezado.

Eso es Kansas City. Eso es lo que se ve. Y eso es a lo que suena.

Siempre y por todas partes, y eligiendo una pista de salida para cada lugar y un volumen exacto para cada momento.

Que te invaden unas campanitas, suenan unas pelotitas, unas cuerdas, unas cajas, unas latas... Buscan y prefieren, al parecer, las salidas eléctricas, tipo los altavoces de los coches, los equipos de sonido en las oficinas, las radios de las casas, los telefonillos, las tostadoras, las televisiones, ... Por todas partes suena. Y nada hay que hacer al respecto.

Y con esto se vive aquí como en Arizona con dormir de día.

Kansas City es sentarse en un banco de madera conociendo la hora por el sol y la lluvia por las mejillas. Quizás hay un lugar lejano donde se almacenan las herencias y su engarce con la piel, como los viejos blues y los viejos jazz y los viejos boleros y las viejas arias y las viejas milongas y los viejos fados y los viejos tangos como los viejos cantos y los viejos ritos porque nacemos también del fuego hasta llegar aquí. Kansas City y ese orden secreto de canciones para cada uno y su libertad expresada en sus letras, en sus melodías, en sus ritmos, en sus universos, y coches con las ventanillas bajadas en los parkings y en los acantilados, y bares tranquilos abiertos, y altavoces y transistores encendidos en cada baranda con canciones que se cuelan por lo eléctrico, y tacos y alitas y cervezas y conversaciones que se hacen largas y se extienden como las tardes que son eternas con su brillo.

O las auroras que se avistan desde el muelle este del frío.

Y todo puede ser y todo puede darse, esta noche, a las afueras del pueblo.

Como cada sábado oscuro de este noviembre naranja.

Aníbal S. Maurice.
Noviembre, Kansas City.

ATTICUS GRANT Y EL FRÍO

Atticus Grant recopilaba los fusiles por el suelo.

El frío intenso de Vanguardiero se le metía en las manos, avanzaba hasta la punta de los dedos y le aristaba las yemas con la paciencia con la que se desmoronan los icebergs.

Soplaba el viento a la intensidad de Vanguardiero, que es cuando no se puede andar y hay que levantar mucho los pies porque el viento vuela bajito y te hace hielo los pasos.

Y la llanura azul en su pendiente contra el mundo palpitando como un corazón desnudo.

El frío de la región habitaba en su propia escarcha, que le llenaba los zapatos de un hielo quebradizo que calaba.

Y avanzar de repente se parece a patinar y a no saber, y da lo mismo porque lo que no se pierden son los pies porque son los que nos llevan. Sabe bien el cuerpo a quién le da lo que le hace.

Y el frío y su heladera como un manto para decir el fin.

La ropa húmeda y Atticus Grant doblando su espalda recopilando los enseres de los caídos, los fusiles, las botas, los guantes. Las bufandas. Las carteras. Los transistores. Las fotos. Los cuadernos.

Sordos son los motivos que tiene la estación para detenerse y nadie replica la vieja fórmula del nacer.

Y es que Atticus Grant nació solo y solo buscaba una salida.

Pero una salida para Atticus Grant no era una salida convencional. Era más bien un salto de la más altura y hasta el centro del dolor, porque para Atticus Grant las luces no entienden de distancias y es labor de ser persona la de ser libre y caminar a placer y acabar donde uno plazca. Y Atticus Grant estuvo en muchos sitios pero acabó en la guerra.

Porque las puertas están llenas de secretos y nos empeñamos en buscarlos en cajas con historias de sus llaves y los secretos no están ahí porque a nada que se preste le dijeron muerto.

Los secretos, sabía Atticus Grant, son las luces al final. Acercarse a ellos es andar cerca para tocar la cascada con los dedos. Y es que en la cascada andan los colores que no hay en Vanguardiero porque es por donde rompe el espacio con el tiempo.

Atticus Grant ladera arriba y la voluntad es la madre de las paciencias y con su canción toca con la guerra la cascada. Y el campo azul y blanco de Vanguardiero que vela los cuerpos que recorre Atticus Grant. Y Atticus Grant en el centro de lo que fue después para entender que lo de después es otra de las monedas verdes de la vieja.

Y el ruido que hace el campo bajo las botas de los soldados.

Ese ruido iba con Atticus Grant uno a uno con sus compañeros. Y uno a uno, Atticus Grant, recitaba. *They say ecuánime is an untold word, an untold sensation. This is the fight of the Unfought fight.*

Porque el que huye, sabía Atticus Grant, necesita encomendarse. No se sale de ningún mapa sin encomendarse.

¿Y cómo es vivir sin saltar de mapa en mapa?

El silencio de aquella ladera inmensa jugaba con las siluetas de los árboles y con la densa niebla del frío. Y la sombra de Atticus Grant que era una sombra única en el vacío del silencio en el que se baña la muerte, moviéndose entre los árboles, traspasando sus filas y sus intersticios de frontera, de cuerpo en cuerpo, de caído en caído, de mano en mano, de nombre en nombre, de herida en herida. Fusiles, botas y guantes. Carteras, bufandas, transistores. Fotos y cuadernos. Nombres, fotos y cuadernos. Y Atticus Grant que peregrina la ascensión pero desde aquí, hablando de su *untold word* y de su *untold sensation*. Hablando de su *Unfought fight*, fantasma a fantasma, dolor a dolor, grieta a grieta, Atticus Grant como una luz naranja al fondo que lo baña y le dora el trazo, a carbón alzado sobre el tapiz, al campo manchado y batallado, Atticus Grant liberándolos a todos.

Moviéndose, él, como se mueven los fantasmas que saben cruzar el tiempo.

¿Y quién le da a nadie el valor de ser fantasma pero sin matarlo?

Y es que Atticus Grant había llegado al mundo a recoger.

Como la barca del barquero.

Y recorría Vanguardiero recogiendo las almas nuevas para lo siguiente.

Arriba y abajo, recorriendo sin final el mismo campo de todas las batallas.

Atticus Grant sin ser barquero y sin tener las llaves. A pura voluntad. A pura bondad con su uno a uno. Inventando una manera de resistir.

Atticus Grant solitario errante en el umbral.

Silba para que se le vea.

Porque nada es de nadie, ni la vida ni la muerte.

Cuento popular de Vanguardiero.

METAMBALEO

Hace mucho tiempo que no te sientas a escribir delante de una página en blanco. Porque sabes que es una página en blanco y es el acantilado que te espera.

Y hace tiempo que no te sientas y no pasa nada y todo el mundo te dice que es normal, que no pasa nada. Pero el hecho es.

El otro día me acordaba de mi padre y de por qué las cosas nacen sin saber dónde están y de ahí su valentía. Es una cuestión antigua la de la valentía.

Y el caso es que al nacer, el primer día, no sabemos contar. Por lo que yo no sabía que era el primero. Ni magnífica idea. Porque la cuestión es de unos y siguientes y sobre todo de siguientes. Más que nada de siguientes. Y así, las hormigas, las flores, los árboles, nosotros. Siguientes y siguientes y siguientes.

Y vuelvo a mi padre y no sé por qué a la holgura de su abrigo.

Porque aquel día me llamaste por mi nombre y aun así me perdonaste. Me dijiste la verdad, me dijiste que yo era así y que yo no era así y tenías razón. Y luego yo lo apunté y de repente fue verdad. Aquello y todo lo demás que repetías. Fue verdad. Y uno lo toma en el vaso de la inocencia, y por consiguiente deslumbrante con un mínimo haz de luz en la mano buena.

Y el asunto de verdad es cuál es el peso absoluto del dolor y cómo se huye de lo peor cuando lo peor te habita pero el asunto es demasiado grande y para el asunto ya no hay tiempo.

La historia es el primer día que me dijeron que fuera al faro. Lo recuerdo perfectamente. Llovía y acabábamos de llegar a la isla. Bueno, isla, vaya, peñón olvidado de la mano de Dios con forma de monstruo marino sacudido por el viento y tragado por las olas.

Pero no puede ser.

Sí. Sí puede ser, sí.

Ahí estás tú y eres el farero.

Tú sabes cómo se hace, tú eres el que está allí, el que pertenece. Y la cuestión de pertenecer al infierno, esa no es una cuestión curiosa, esa no se la espera nadie. Un día te ponen una gorra, rellenas un formulario de profesiones pacíficas para veteranos de guerra y te hablan de las vistas al mar, y luego piensas muy al norte tampoco está. Y sí. Está muy al norte y da igual dónde esté porque es el infierno. Y allí llegas tú con tu gorra y tus papeles y tu tabaco como la compañía de un perro fiel. Y así se suceden las cosas. Que arribáis al peñón con una baja ya, un primerizo, de los que están llenos los mares y las imprudencias.

Y se van y te quedas tú.

Se van todos y te dicen que son tres semanas que gracias por tu servicio que seguro que va todo bien y nos volvemos a ver antes de terminar de cantar *Valerie* y repetimos las pintas.

Farero.

El primer día amaneció clavado al anterior, nuboso y gris con lluvia diagonal. La taza del café es de cobre, que vale para las tazas de café de los fareros. Y una taza de café y mis libros y este faro y este peñón. Y el mar y su inclemencia.

Pasan los días como si fueran polluelos sin conciencia alguna de su presencia en la tierra. Se suceden como los fareros de esta esquina olvidada del mundo porque una pizca de luz en una roca es capaz de salvar cien vidas y trescientas también. Porque de farallones y formaciones rocosas tiene esta isla perdida todos los modelos, los verticales y anchos que valieran para pasar una tarde en su cumbre soleada, los verticales y picudos que sobresalen como las estatuas perdidas de los dioses como Zeus, las horizontales que se expanden y les entran en la tripa a los galeones, y cada formación posible de una roca en la mar.

He llegado hace tiempo y no soy capaz de recordar.

Este es el único lugar donde cabe un chamizo al que llaman casa del farero que queda bien pero que es un chamizo.

Y el faro.

Nunca fui demasiada honra para nadie y quizás de aquellas aguas estos lodos.

Solo me queda el humo del cigarrillo y ya es de lo único que me queda en este monstruo marino. Las olas las conozco, su cadencia, su momento, su agonía, el viento me lo hablo con la luz antes siempre de que empiecen las tormentas, y los tonos acuosos del cielo me consuelan en sus cambios con el nombre de las cosas que he ido dejando atrás.

Y las horas. Y los días.

Y las ballenas.

Dicen que las cigüeñas buscan solo los vientos cuadrantes del noroeste. Que no saben volver si no.

Aquí, antes de cada amanecer, suena siempre la caja de hierro primero. Suena en el silencio escándalo que reina en este monstruo, la caja-campana de hierro que cuelga de la casa del farero por fuera.

Y las ves pasar.

El amanecer en el mar es como volver a despertar. Alguien te enseña el verdadero significado del tiempo, que va en una criba natural y probablemente en cascada y no lineal, entre el sentido más puro de la utilidad y la sabiduría del momento y el más lejano sentido del dominio y el pulso inalcanzable de la magia que de vez en cuando nos recoge porque es el tiempo el que nos mira y de vez en cuando se nos mete dentro. El resto es una ilusión no, sencillamente una mentira.

Hay entre las grietas de las costas pedregosas de este lugar un molusco que solo crece en su vertiente más obtusa.

Llevo días yendo y los he visto bien. He aquí: los vertientes.

El nombre es mío.

Son de color oscuro, como la mayoría de los moluscos, y viven adheridos a las faces de las rocas que son bañadas por el mar, y como decía, en sus zonas más obtusas. Como si se escondieran.

Y el asunto después de todo, es su tamaño. Porque son tan minúsculos que cuesta creerlo. La primera vez que los vi, no vi nada. Apenas un efecto visual de superficie lisa y mojada. Pero no. Lo que parece roca es en realidad vertientes que se posicionan en un manto continuo de relieve minúsculo. Y su color. El de la luz que estos microscópicos moluscos emiten al alba. Justo antes del alba. Y juro por los dioses que nada que yo conozca brilla como estas luciérnagas de roca, su luz parece pintada en el negro del vacío desde la faz de la piedra brillante bañada por el mar como en el cielo oscuro pero con el brillo diminuto de los diamantes y los colores de las galaxias y las nebulosas. Lo que no sé, ni llegaré a saber un día es su naturaleza, su organización o su deseo.

Sí me toca verlos amanecer. Y con eso basta. Comprender es verlo y asentir.

Hay dos ranas.

Al otro lado de la isla hay dos ranas. En este monstruo marino en medio del océano hay dos ranas. Sí. Muy seguramente introducidas en la isla por algún farero anterior o sencillamente fruto de un naufragio. Otra cosa no se me ocurre.

Cantan todas las noches. Serán pareja, serán familia, sabrán de eso o sencillamente están y reclaman esta isla de roca perdida en la mar como una invocación de los naufragios y se saben a un lugar y se suben a un saliente y croan como croan las ranas de los estanques de Inglaterra, como si no pasara nada cuando se está cayendo todo pero no puede caerse el mar aunque pareciera que sí.

Esas noches estoy algo menos solo.

Con los días de tormenta en este monstruo marino te da vueltas la cabeza como en alta mar cuando zozobran los navíos. Como cuando estás allí envuelto en ese zigzagueo vertical que te coge la tripa y la respiración y no es una página que puedas pasar. Ahí. Ahí entiendes el verdadero tamiz del tiempo. En la espera que es el ver, estar, y suspendido. No eres tú el que tiene el control, no importas tú más y no importas nada. Las cosas se suceden y suceden.

Porque los faros son también como las migas de pan de Pulgarcito, y cada uno, como ellas, abandonado a su intemperie y al peso que lleve su propia suerte. Desperdigados por la inmensidad que es la inmensidad inmensa y la inmensidad diminuta que es la inmensidad descalza del olvido. Ahí, ese hueco es este lugar. Un faro para arrojar la luz.

En todo caso llegamos al concepto limítrofe e intencional de la baliza. Que es el de la esperanza.

Y me acuerdo de aquel lugar que desvestimos. Estaban las ranas allí también.

Yo nunca antes había desvestido un lugar. Es curioso cómo la soledad lo puede todo hasta el punto de crear la mayor intimidad, confianza e inevitabilidad que se juntan en cualquier desvestirse. Que en este caso viene a decir liberarla de un ancla varada que la encontró y por tanto terminar de quitarle los harapos.

Y en este caso no era una mujer, o sí, porque era una virgen.

Bueno, una roca horadada por el viento y las olas en una forma ya casi cónica pero aún vertical como para haber supuesto algún día una figura sacada de las venus distinguidas de la antigüedad.

Está cerca del ángulo este de la isla. Abajo, bañada por el agua y habitada por vertientes y otros tipos de moluscos y cangrejos. La virgen del monstruo marino olvidado en la mar. Para aprender que en todos sitios (y tiempos) se aparecen cosas.

Y es que la vida en un monstruo marino es maravillosa porque se parece a vivir en la tripa del mundo, en un lugar amplio y angosto, erigido y sumergido, bañado por el sol, la lluvia, la fauna escasa y el cielo que parece lo puedas bajar con la mano.

Hasta que llueve porque cuando llueve se te ahoga el futuro en la garganta, porque cuando llueve aquí nada escapa al naufragio y todo se desborda. O como cuando llegan de la municipalidad y la autoridad portuaria a decirte que hasta aquí tu estadía y desde aquí un tipo desgarbado, alto como las espigas o los postes de la luz y una cara de acabado de venir al mundo, sin nombre ni orientación alguna, esperando allí a que le digan. Pero aquí se sale a un peñón en medio de la mar, a cinco horas en barco desde tierra firme del puerto más cercano y treinta minutos más en bote. Y es que yo vine aquí a olvidar.

"Bienvenido a Mongarte", le dije. Qué le voy a decir.

Y al cuarto día despertó.

Diario de Mongarte. Anónimo.

IMUKO Y LAS TEJEDORAS

Imuko cabía en un tarro de cristal.

Y con suficiente holgura para estar de pie, apoyarse en las paredes, intentar avistar lo que ocurre al otro lado, cambiar de postura varias veces, o por supuesto para tumbarse a mirar el cielo color chapa de latón.

Imuko cabía en la grieta de un palo y si uno lo piensa en la grieta de muchas cosas. Es una cuestión desconocida el tamaño que le toca a cada uno.

Y así iba ataviado. Como un loco disfrazado, él siempre dentro de una maderita vertical inclinada del tamaño de en las que se fijan los perros pequeños.

Imuko sabía de muchas cosas y de nada. Pero sobre todo, recibía su nombre del gran maestro zen cuya lección fue olvidada con la misma rapidez con la que su cuerpo se esfumó de la existencia en este plano. Inmediatamente.

Porque la verdad de los caminos es lo único a lo que pertenecemos, y con el tiempo se diluye el estar hacia la verdad, y más tarde alguno, y raramente, hace el camino de la verdad a la trascendencia.

Y dentro de la lección de su maestro Un-Yi, claro, Imuko nunca pensó que la sabiduría zen le llevaría a no poder condenar lo inmediato; si era una cuestión natural.

Y de lo inmediato a lo pequeño y de vuelta al tamaño de Imuko. Yo tengo ídolos en mi mesa más altos que Imuko. Y de ahí nuestra coincidencia. Y nuestra cercanía.

Andaba yo por una calle pequeña e imprevisible del Valparaíso curioso y coleccionista de Neruda, cuando entré en una tienda con cosas de lo más extrañas. Y lo que le hace a uno entrar a un sitio o a otro y la cantidad de colores que esconde ese abanico. Pero yo llegué a Imuko, y fue verlo y entenderlo. No sé explicarlo en otra parte, es una cuestión antigua y quizás secreta la de las conexiones. El lenguaje secreto de las tejedoras.

Y me lo llevé y ahora Imuko es Imuko y anda por la vida con una casa aquí.

Imuko sabía leer y escribir, y sí un cerebro tan pequeño da para eso y mucho más.

Sería cualquier tarde cuando Imuko se apareció en el rellano de la ventana principal de la cocina. Venía cansado, después de un larguísimo viaje que lo había llevado a los límites del país. Y llovía.

Dejó el macuto en el suelo como hacen los viajeros y se sentó en el borde a ver llover con su taza de té. Eso hizo. Al llegar, hizo eso. Y que la huella del mundo en cada uno es una cosa más de piel que de concepto.

Los almendros renquean.

Los años crujen.

Eso dijo. Como si quisiera contar lo más importante que había visto en su viaje.

Imuko fuera de su tarro de cristal, que había visto el mundo, habiendo llegado y viendo llover.

Y es que es verdad que nunca sabemos cuándo hemos llegado.

Pasada una hora, Imuko había terminado su taza de té.

Y se dio la vuelta como para contarlo todo y desde el principio.

Me miró e hizo un gesto diminuto con un gesto para pedirme que me acercara.

Porque Imuko sabe que las historias de verdad, las historias que te llevan y te cambian, las historias que son las glorias y los dolores y los días iguales para dar paso a esta historia que empezaba con el sonido de las cuatro cuerdas de su biwa, se cuentan de cerca.

Albadero María Belvedere, Paseo de los Tristes, Parabairo.

LA INCREÍBLE
Y SIN DUDA TRISTE HISTORIA
DE SAN IFLUVIANO MÍSTICO
Y LA EXTRAÑA AVENTURA
DEL VIVIR

Ifluviano tenía treinta y cinco cantimploras a parte de su edad y todo lo organizó siempre solo.

Desde que recogía las conchitas que caían de los árboles al borde del río escaso y plata que atravesaba el humilde bosque a las afueras de Huilquíquil.

Con los días desatados de las muñecas y con nombres intercambiables y cambiantes, con el clima benévolo del lugar, la colonia de mariposas transparentes, las balizas de madera pintadas en el camino de la montaña, con escasos caminantes inoportunos a la mañana o a la tarde y muchas maneras de llamar a aquello santuario.

Y es que la virtud de un chamizo es ancestral.

Las virtudes de Ifluviano sin embargo eran innumerables. En su rutina, en sus días, en sus ocupaciones. Solo que no se le veían.

Y es que Ifluviano solitario recogiendo conchitas de los árboles y agua cristalina del río sufría una tristeza de aguacero.

Porque nadie dice cuándo nos ha de llover encima ni cómo, cuándo se está despierto o lo otro, qué curva se nos viene o qué vahído nos abrazará, el sino de Ifluviano era una nube negra de tristeza que lo albergaba sin excepción todas las noches. Como quien nació con más orejas, dominaba idiomas con decirlos, comprendía a los perros, quería ser pájaro o nunca se quedaba dormido.

Y es que los asuntos de los santos quedan claros más cerca siempre del mismo lado.

Y quizás en eso andaba Ifluviano cuando aprendió que cuanto menos llevaba mejor se movía. Así que zapatos por sandalias de esparto y hábito ligero.

Ah, el hábito de Ifluviano aquella razón de los caminantes. Que se dosificaban por turnos en el pueblo para adentrarse en la diversa y salvaje naturaleza de Huilquíquil, de sus riachuelos a sus colinas y sus playas adunadas, todo, para ver a Ifluviano o avistar su silueta.

Ifluviano místico. Así le llamaban.

Y es que un día venía de una ruta por la montaña cuando se le sacudió un arce y lo enterró de hojas hasta la cabeza.

Y los arces tienen eso de los mensajes dejados en un sitio para cuando lleguen.

Y es que así entendió siempre la vida Ifluviano, como una botella anónima tirada al mar con un deseo. Sabemos que no hay nada más tierno que la tristeza. Y la ternura abre el mundo. Pero Ifluviano eso no lo sabía aún.

El asunto aquí es la sacudida del arce. Quiero decir la mañana de dibujitos como las mañanas que tenía Ifluviano, alrededor las mariposas transparentes, el rumor del río minúsculo, el canto de las cacatúas. Y paseo.

Como todas las personas tristes, Ifluviano se preguntaba por qué las segundas oportunidades no se llaman siguientes. Lo cual es algo muy sano que pensar mientras se camina, porque cada paso y cada avance al puñado de los pasos, y cada ya cerca, y cada llegada para seguir, se te regala con cetro y corona. Te sucede. Y te sucede como consecuencia del inicio. El tuyo. Y se te sucederá hacia las cosas que también te suceden sin elegirlas tanto. Y ahí, Ifluviano sentía el polvo del camino bajo sus pies temblar bajito como tiemblan al sol las mariposas, las mariquitas, los caracoles o los presentimientos. Ifluviano caminante y parte de todo.

Hasta que llegó al arce.

Y se sabe de los arces que están donde se proponen.

No hay un arce plantado.

En Huilquíquil al menos. Palabra del alcalde, del comitente, del aguador y de Ifluviano místico también.

Con su roja cabellera amarilla anaranjada púrpura, es el árbol que no se dijo es de los recuerdos. Si no, ¿de qué los colores de la memoria?

La cuestión es que el árbol elige.

Y la cuestión no es una cuestión personal, eso hay que saberlo.

Y porque eso pensó siempre Ifluviano. En que si todos nos guardáramos un mensaje para el final. Pero que tenga que llegar porque haya que esperar tanto que bien podría tener también que perderse para siempre. Con la misma validez las dos. Nada para ahora, nada para ayer, nada para ella que fue, ni para él que sigue ahora, como por el final de la línea por la que encontrar a los muertos pero que serán cuando la tierra y la vida sea otra y tenga otro color y entonces ya sí pueda echar una mano el tiempo y tener una ternura con alguno de aquel presente pero solitario para traerlo.

No sabemos por qué, esto a Ifluviano le sembraba un requisito.

Porque la gente no sola se suele perder las cosas de la gente sola. Y el hecho es encontrar de repente un deseo del pasado que es para ahora. Porque ese regalo sí, ese regalo sí podría llegar, porque no sería un deseo, sería una llave. Para qué o para cómo no se sabe y no se sabía pero no se sabe si se sabrá, y aunque tampoco pero sí por poco, se sabrá de la llave que llegó.

La que le llegó a Ifluviano Místico.

Y eso, queridos colegas, eso podría cambiarlo todo. La historia de la vida, la historia del hombre y la historia del mundo.

Y claro que estamos hablando de conciencia y del valor de la conciencia en el absoluto más allá del esquema chiquitito que pueden las personas y por eso mismo es todo tan difícil.

Y quién sabe quién los trajo a esta tierra olvidada para darle la vuelta a todo o si se los encontraron.

Y es que Huilquíquil, es indígena y roja amarilla anaranjada púrpura.

Y el asunto es qué se dice para los siguientes. Ese es el asunto.

Y así lo había comprendido Ifluviano, que quizás algunos podrán llegar a dejar un mensaje para los siguientes, y que esa será la razón por la que caen mensajes del pasado-pasado, que es el pasado impresente, de los arces de Huilquíquil para los que van más solos. Y así fue la palabra de San Ifluviano Místico y aquella su misión.

Y no fue santo desde el principio, era itinerante.

Ifluviano tuvo que ver el mundo siendo nadie para convencerse de no comprender y a base de insistir en no entender y en no comprender pero en ingresar que también quiere decir tocar, se convenció como se convencía cuando caminaba paso a paso por el río minúsculo de Huilquíquil entre mariposas transparentes después de una noche infinita de tristeza hacia el camino de la montaña. En un día nuevo.

Y por eso volvió aquella vez corriendo al pueblo.

La vez que volvió; no la vez en que se le sacudió el arce que para la gente de Huilquíquil era una cosa de niños como las cosas con las que se juega y se pueden cambiar y se pueden dejar porque ya no importan porque ya no están de pie, lo que quiere decir que valen para olvidar. Y no. Olvidar, en realidad, no existe. Es una quimera. Palabra de Ifluviano.

Y nadie le creyó, por supuestísimo. De ahí la itinerancia.

Y así llegó Ifluviano a santo, por primero y por bandera, porque supo hacerse de los demás, y no hay nada como esos hilos de colores por los que se mueve el tiempo, y una ventanita de un instante para verlos es suficiente para comprender.

Y místico porque los secretos del agua suelen ser cosa de brujos. Y el agua para Ifluviano era un poco algo así que nos envuelve. Y a los hilitos también.

Como aquello de cree y vencerás.

Así que buscaba la fantasía detrás de cada verdad queriendo creerlo todo. Y se lanzó Ifluviano. Vaya que si se lanzó.

Dicen que detrás de las montañas de Angola yace una lluvia púrpura que limpia la cabeza como unas vacaciones largas y lejanas. Que nadie lo sabe porque es una cosa de la selva para la selva, y que Ifluviano inauguró huyendo de su pena.

El qué. Nunca se supo.

Qué exactamente milagro acometió, qué transmutación de la realidad por la verdad revelada alumbró. Quizás su gesto tierno que cargaba con el peso de todas las ternuras y de todas las tristezas. Quizás su hábito indecible, quizás su andar tan suyo, quizás su manera de hacer primero e invitar.

Porque se empieza por la belleza y la belleza es como un mapa y para encontrar hay que perderse.

Así que eventualmente volvió Ifluviano a Huilquíquil y a las gentes de Huilquíquil, corriendo por el camino para volver a sus libros, a sus diseños y a sus dibujos y a todas las consecuencias de su tristeza, que le esperaban a buen recaudo en su añorado chamizo en medio del bosque junto al río escaso y plata, las conchitas de los árboles, los días desatados, las mariposas transparentes y las balizas pintadas del camino como manifestaciones imposibles de su ternura con las que llenó el mundo y que le hicieron regresar.

Hay un orden simultáneo en la precedencia y muy pocas veces para decir vivido.

Matvaní Atalante Romano.
En estos últimos días en Huilquíquil.

LOS LUGARES SE ABREN
COMO LOS NOMBRES ANCIANOS
DE TODAS LAS GALAXIAS

No existe la conciencia.

Sí existe la conciencia.

Es verdad, existe la conciencia

pero está en una caja

y depende de una fuente.

Somos muchas cosas.

No somos ninguna cosa.

Somos una sola cosa.

Cuando me vaya volveré.

ÍNDICE

Esta obra
se acabó de imprimir
bajo los auspicios de
Charo Fierro y
Antonio J. Huerga, editores.

FINIS CORONAT OPUS